어느새 언제나 그렇게

어느새 언제나 그렇게

초판 1쇄 인쇄일 2015년 12월 21일
초판 1쇄 발행일 2015년 12월 25일

지은이 권영모
펴낸이 양옥매
디자인 최원용
교 정 조준경

펴낸곳 도서출판 책과나무
출판등록 제2012-000376
주소 서울특별시 마포구 월드컵북로 44길 37 천지빌딩 3층
대표전화 02.372.1537 **팩스** 02.372.1538
이메일 booknamu2007@naver.com
홈페이지 www.booknamu.com
ISBN 979-11-5776-137-1(03810)

이 도서의 국립중앙도서관 출판시도서목록(CIP)은 서지정보유통지원 시스템
홈페이지(http://seoji.nl.go.kr)와 국가자료공동목록시스템
(http://www.nl.go.kr/kolisnet)에서 이용하실 수 있습니다.
(CIP제어번호 : CIP2015034312)

어느새 언제나 그렇게

춘파(春坡) 권영모 시집

책과나무

시인의 말

그냥 쓰고 싶어
내용 없이 느낌 없이 두서없이
어느 날은 기뻐서
어느 날은 슬퍼서
사람 사는 것이 다 그런 거지

그런데 더 쓰고 싶어
족적을 남길 명작은 아닐지라도
그저 살아가며 느끼는 감정
살아가는 동안
얼마를 갈지 몰라도…….

春坡 權寧模

차례

시인의 말

1장 가슴 따듯이 살아 있어 좋아라

2 장 어둠 속에 피는 꽃

3 장 그래, 사랑만 하고 살자

4 장 먼 하늘 그리움에 눈물만

·

1 장

가슴 따듯이 살아 있어
좋아라

·

가을 하늘에 내 마음 담아

무너져 내린 여름날 하늘에
문득 가을 하늘이 찾아왔다
뭉게구름 여름 하늘이 다 내려놓지 못한 듯
높고 푸른 가을 하늘을 질투하듯 지우며 맴돌고 간다

임이 지난여름 보낸 사랑을 담고 있는지
내 마음도 저 뭉게구름에 띄워 보낸다
쓸쓸히 흩어져 떠나가는 모습
내 마음도 따라 흩어져 간다

또 다른 내 마음 담아
저 가을 하늘에 내 사연 보낼 날들은
차가운 바람 불어와 형형색색의 단풍잎에
절절한 그리움 담아 너에게 띄워 보낸다

가을바람

올해엔 당신이 영 안 올 줄 알았습니다
내 품에서 떠나 버린 시간 속에
너무도 뜨겁게 보내 버린 날들이기에……

그래도 임은 왔습니다.
그리고 변함없이 자꾸만 자꾸만
내 품에 스며듭니다. 기다렸듯이……

이제 당신을 기다리는
당신이 내 곁에 맴도는
내 가슴엔 어느덧 피어납니다

당신을 기다리는 시간여행 중에 가슴에 묻어 두었던
그리움이
사랑이……

고향 하늘

언제인지도 모를
까마득한 옛날 어릴 적 일들이니
강가에 모여 천렵하던 어린 시절 그 시절에 보았던
맑은 하늘 오늘 낚시 두어 대 담가 놓고
그 시절에 잠시 들어가 본다

모두가 그리운 얼굴들
내용도 없이 싸우던 날들
밤이 깊어 감도 아랑곳 않고
어머니가 찾아야 끌려가던 그 수많은 깊은 밤들

별들은
오늘도 그 자리에
저토록 빛나고 있으련만
그 시절 그 친구들이 그리워 오네
별과 같이 수많은 날들이 흘러

많이도 변하여 알아먹지도 못하련만
자꾸만 그리워짐을 지울 수가 없는 밤이네
별이 빛나는 금강 변에서…….

가을밤에

가을바람에
별들이 속삭이네

언제나 그 자리 그 자리련만
깊어 가는 가을밤 높은 하늘엔
이름 모를 별들만 수놓고 지새운다

별들의 속삭임 밤하늘에 메아리고
깊어 가는 밤마다 밤벌레만 슬피 우네

짙은 아침 안개 걷히고 만 하늘엔
어느새 수많은 별 온데간데없고
그리움만 움켜쥔 채 아침잠에 빠져든다

그리운 여름

뜨거운 태양
지리할 것 같은 장마

모두의 가슴에 자리한
그러기에 더 뜨거운 여름이란 삶의 여행

살아가는 동안 태양을 빌미로
에너지를 축적하고
또 다른 날을 기약하고

뜨거운 태양을
그래서 난 좋아하는지
가슴에 아지랑이가 피어나듯
살아가는 날이 여름이라서 좋다
그리워할 수 있어 더 좋다

가슴 따듯이 살아 있어 좋아라

사랑이라고 말할 걸 그랬나
어디까지 가고 있는지 모를 당신에게……

그리움만 파도처럼 밀려오는 날들마다
돌아서 흐느끼며 가슴만 채찍질하네

차라리 현실의 날이기에
당신을 그리워할 수 있음에 내 마음 달래 본다

또 스쳐 가듯 다가오는 그 그리움
내 안에 간직할 수 있는 날까지

많은 날 당신을 그리워할 수 있다는 것에
가슴 따듯이 살아 있어 좋아라

그리움에

당신께 내 마음을 보내고
그리움에 흐느끼는지 모른다

언제나 언제나처럼
내가 나를 찾지 못한 채

답답한 마음 가슴에 품고
나 자신만 쥐어짜듯

오늘도 그 그리움
흐느끼는 나 자신만 원망하며

꿈속에 사로잡혀
깨어나 또 후회하며 그리워만 한다

그래도 날마다
그리워할 당신이 있어 좋은 것을…….

내 마음의 혼자

혼자다.
모든 것 다 잃어버리고
황량한 대지 위에 덩그러니
떨어져 흐느끼는 나는 혼자다

정에 그리움에 말라버린 마음
망상에 사로잡혀
그 누구와도 교감 없이 버려진 듯한 나

언젠가처럼 다정했던
그 마음의 문을 굳게 닫아버리고
혼자라는 둘레에 갇혀
그 그리움을 그리워하는 나는 혼자다
그리움은 가슴에 쌓여만 가는데…….

아— 눈이 쌓이네

쌓이는 만큼
내 마음에도 쌓여만 가네 보고픔이
바둑이처럼 생각 없이 뛰던 날들
엊그제처럼 스쳐 가건만

쌓여 모두가 하얘지면.
어눌에지는 가슴은 달랠 길 없고
그리운 벗들이 다가 오네 내 작은 가슴속으로

쌓여가는 만큼
술 생각만 간절해 오고
눈 쌓인 포장마차 웅성대는 입술마다
그리움 술잔에 담아 음미들 하다
밤새는 줄 모르는 날

아—
눈이 쌓이네

또다시 그리움으로

타다 꺼진 나무토막
흉물스럽게 헤쳐진 스산한 자리

활활 타오르던 날들
과거가 돼 버린

더 타오르고 싶은 충동
더 타야 되는 욕망

흉물이 되어 버린
과거만 가슴에 지닌

그 따스한 사랑을 펼쳐 보지도 못하고
한줄기 빗물에 쓸려 가듯

어딘지도 모를 곳을 향하여 떠나가는
안타까운 삶이련만
또 그리움으로 남는 것을 어찌하리

가을을 떠나보내며

가을을
떠나보내려는 아쉬움에
하늘은 또 아쉬워하듯 더 푸르게 멀어진다

내 마음속의
또 다른 나를 위하여
슬피 울듯 무너져 내린다

온종일 나를 유혹하듯
잔뜩 찌푸린 몰골을 하고
내 마음을 자꾸만 충동질한다

가을이
다 떠나 버리고 나면
난 또 낙엽을 밟으며 방황할지 모른다

멀리 떠나버린 날들을 향해
원망하면서
흐느낄지도 모른다

세상의
모든 만물 다 똑같은 시간인데
난 왜 자꾸만 슬퍼지는지

오싹해지는 그 소리도
하지만
낙엽에 누워 먼 하늘만 바라볼 수밖에 없음이여!

빛바랜 날들이련만

가을날
낙엽 지는 소리에
내 마음도 따라 떨어지네

허전한 가슴 추스르지 못하고
와인 잔 가득 채우니
그리움 사랑 함께 따라 차오르네

잔 속에 가득한 그리움
한 잔 두 잔 음미하다 보면
지나간 그 그리움에 눈물만 흐르네

흐르는 시간 시월은 가도
피를 따라 흐르는 따뜻한 그리움
낙엽처럼 쌓여만 가네

아쉬움에 저무는 시간

오늘을 보내는 것이
난 두려운 것이 아닙니다

오늘이 내 곁을 떠남이
난 아쉬움으로 남을 뿐

삶의 중간쯤에서
지나온 날들을 돌이켜보며
부끄럼 없이 보냈다한들 보람도 선행의 흔적도 없고
그렇게 보내는 날의 아쉬움

한 해가 저물어 가는 시간
한없는 아쉬움에 빈손만 만작인다
더 사랑하고 살자

어느 잊혀진 날

저기
먼— 하늘에
그리움이 다가옵니다

언젠가
잊으려만 했던 얼굴들이 빗물처럼
가슴속에 흘러내립니다

그리도 원망스럽기만 하던
시간들이 한낱 부끄러울 뿐입니다

마음엔 간직했던 추억들만 밀려드는 것이
아마 속 좁았던 날들의 속세였나 봅니다
이젠 추억으로 간직한 채
그 그리움으로 날들을 맞이하렵니다
사랑하고 그리워하며

가을비

떠나려는 시간을 두려워하는가?
해질 무렵부터 내리는 가을비
요란한 한 여름날의 모습으로…….

늦은 날 바뀐 시간까지 가는 시간을 아쉬워하듯 내린
가을비
맑은 가을 아침을 만들고 갔네

푸른 하늘, 속이 시리도록 맑은 공기
이래서인가
떠나감이 두려운 것이

아— 이런 날들이라면
이런 시간이라면 오래오래 세상에 남고 싶다.
사랑하는 이들과 더불어
다시 올 가을비를 기다리듯 사랑하며…….

내 가슴은

내 가슴은 그리움
그대 가다가다 지쳐 쓰러지면
내 가슴은 당신의 안식처
그대의 차갑게 식어버린 가슴을 잠시라도
쉬어 다시

차갑게 불어와
그대 가슴 한곳 내려놓을 곳 없어도
그대를 기다리는 내 가슴이 있어
난 행복하다오

기쁠 땐 미소만 지어도
슬플 땐 기대여 함께 울어 줄 수 있는
그대를 기다리는 내 가슴
어차피 인생은 가슴으로 사는 것

눈물 꽃

내가 당신께 보여 줄 게 있다면
내가 당신께 정말 할 수 있는 일이 있다면

난 당신께 지금 지금 당장이라도
사랑한다는 것 그것밖엔 보여 줄 수가 없다오

사랑하기에 사랑하고 있기에
더 안타까울 땐 두 눈에 맺힌 이슬 같은 눈물 꽃
그 눈물 꽃을 당신께 바치오리다

사랑이 녹고 또 녹아 피어난
이 아름다운 눈물 꽃
당신 가슴에 담아 드리오리다

오늘, 내일,
아니, 매일 말입니다

안개 속을 달리며

안개를
암흑과도 같은 짙은 안개 속을
젖히며 그 그리움에 달려갑니다

뛰다 보면
온갖 장애가 기다렸다는 듯 다가오지만
두려워할 그 무엇도 없습니다

지쳐
지쳐 쓰러져 그 고통이 다가와도
당신 향한 그 그리움으로
아픔도 상처도 잊었습니다

지친 가슴은
오늘도 당신 향한 그 그리움으로…….

바보처럼

주기만 하는 것이
행복이란 걸

또 잊어버리곤
슬퍼합니다
내 작은 욕심 하나에

얼굴을 적시는
따듯한 맘을 가지고 있다는 것만으로도
내 가슴은 이미 행복인 것을

문득 잠시 동안 잊어버렸던 사랑을
가슴을 조금 열고서 채우려던 욕심을 비워 봅니다

사랑합니다
가슴을
조금 더 열고 말입니다

별을 헤는 밤

찬바람머리
밤새워 별을 헤다
새벽녘에야 잠들어 버렸습니다

한낮
꿈속에 또 별을 헤아립니다
내 사랑하는 이들의 별
내가 보고파 하는 이의 별
날 그리워하는 이의 별
별. 별. 별.

숱한 별들 중에 그 별을 헤아리고 헤아리고
푸른 하늘바다 반짝이는 별빛에빠져 세상사를 뒤로하고
별을 헤는 날들이 행복합니다
하얀 밤이 되도록 당신을 사랑하기에

찬바람머리
밤새워 별을 헤아립니다

사랑을 키워 주세요

기쁨을 줘야 합니다
가슴 아픈 조금의 상처에도
머물면 난 가슴이 조여옵니다

상처는 오래 머물고 남고
기쁨은 잠시 머물다 갈 뿐
기쁨의 꽃에 늘 소홀함 없는 삶

상처는 자꾸만 꼬리를 무는
상상의 날개를 편다
상처만 더 깊어가는 그런

오늘도
세 치 혀에 사랑을 간직한
아름답고 또 따듯한
그런 날들이면 좋겠습니다

미움, 어느새 내 곁에서
어디론가 떠나버린
아름다운 시간 속에서

잃어버렸던 추억들을
사랑으로 찾으면 좋겠습니다

봄에 내리는 눈

아쉬움일까
그리움일까
아니면 시샘일까

겨우내 못 보았던 함박눈이
3월이 다 떠나가는 길목에
흔적 없이 흘러갈 것을
그래도 그 아쉬움에
빼꼼 얼굴 내밀듯
봄 향기 위에 하얗게 앉아 버렸네

이 마음, 마음은 잠시 동심이 되어
가지 위 앉은 눈 한 움큼 쥐어
눈 내리는 창공에 힘껏 던져 본다
사랑하며 살아가자고…….

사랑하는 그대를 간직하며

걷고 있었어
보고 싶어서
어디에 머물러 있는지도 모를 너

이토록 힘들어하면서
그 사랑 그리움에
멀리만 보이는
당신 꿈속의 목소리
내 가슴엔 메아리 되어 스며든다

기대어 울다 죽을 만큼
사랑하는 그대를 간직한 난
행복한 사람

사랑합니다

살아가는 동안

걷다 뛰다
넘어져 상처만 남고

아무런 생각 없이
앞만 보고 갑니다
삶의 시간들을

사랑
행복이
저— 멀리 기다리고 있다기에

힘들어 지쳐
모든 어려움이 매일 다가와도
두려워하거나 슬퍼하지 않는다네

비록 아무것도 얻은 게 없어도
삶의 시간이 행복하고 사랑하기 때문입니다

언제나처럼

언제나처럼
기도하는 마음으로 살려는 소망이련만
지나고 나면 늘 후회하는 날들만

언제나처럼
사랑하는 마음이 변하지 말아야지 하련만
또 망각하며 살았구나 하며 죄스런 마음만

언제나처럼
신뢰하고 의지하고 살아야 하련만
나 자신과 혼탁한 이 시간들이 놔두질 않네

언제나처럼
행복만 생각하며 늘 지내련만
행복이 불행과 반반이란 걸 잊고 늘 불행해 한다

어차피 행복은
이 마음 한구석에 있다는 걸 망각한 채 말이다

서산마루에도

노을 너머에도 내 사랑이 있네
내일 또 다른 노을
그 노을 속에
두려워 서글퍼 하지도 난 후회도 않는다네
얼마일지도 모를 인생길
가슴 한구석 흥분을 한 채
누가 뭐란들 어떠하랴
초라해도 그 속에 행복이 있으면
오늘도 눈 부비며 뜨고
새로운 날에 가슴은 두근두근
날 기다리는 세상을 향해
커다란 기지개를 켜며
또 다른 날을 기대하며
등 뒤에 짐 하나 더 둘러메고
더 많이 사랑하고
더 많이 행복을 찾아서
또 떠난다네

소중한 당신

소중한 걸 알지요
당신이 내 곁에 있다는 것이
힘들어 지쳐 울고 있어도

당신 곁이기에
버틸 수 있는 힘이 되었지
당신의 빈자리 문득 생각하면
아마도 난…….

고마워
고마워요
당신이 곁에 있어 줘서
이대로 우리 숨 쉬는 날까지
비록 빛바랜 잎새처럼 살아가지만…….

늘 베푸는 손이기를

모양도 크기도 개성이 있다
다툼이 깊어 가슴에 각인되어
그토록 미워하다가도
손을 내밀면
어느새 미움도 떠나 버린다

가슴이 따뜻한 사람이 늘 베풀어도
언제나 칭찬은 손이 받는다
따뜻한 손을 가진 사람이라고

그 따듯한 손이 주먹이 되면
전쟁의 무기도 되는 양면성의 손

언제나 누구에게나
늘 베푸는

손이었음 좋겠다
사랑하면서…….

안개

사랑한다고
깊은 밤 피어올라
포근히 감싸 주는 너

가지 말라고
이른 아침 길
겹겹이 장막을 치고 가로막는 너

그래
그 바람 네 뜻대로
네 곁에 머물러 있다 보면
어느새
내 마음의 공간엔
촉촉이 흘러내리고 만다
너 떠나는 그리움에…….

오늘 이 빗속에

깊게 쌓였던 내 마음에
슬픔과 미움만 골라
오늘 다 떠나보내렵니다

얼마나 크게 노하셨는지
귓전엔 요란한 노파심만 울려 퍼지고
마음에 간직한 모든 악(惡)
눈으로 간직한 모든 아픔마저도
오늘 다 떠나보내라고

지쳐버린 이 마음
다 떠나보낸 후
마음 구석에 자리했던 사랑을
이제 꺼내렵니다.
사랑은 실천이라고…….

가슴에 사랑을 새기며

아직도
붉게 타오르는 가슴
노을은 상상도 하지 않는다

여기가 어디인지 알려 들지 않고
나 자신을 추스르려 하지도 않는다

보잘것도 모양새도 없다
삶의 질의 귀천도 잊은 채

훗날 후회하며 통곡할지 몰라도
이렇게 사는 것이 인생인 것을…….

이 잊을 수 없는 시간들
가슴에 사랑하며 살자고 새기며 살아간다
그래, 사랑하자
더 사랑할 수만 있다면…….

있어서 좋다

그리워할 사람이 있다는 것이
나를 행복하게 만드는 것을

기다리는 사람이 있다는 것이
설레는 시간 속에 보낼 수 있어서 좋다

눈을 감아도 떠오르는
아름다운 시간들
마음속에 사랑이 흐른다

난 그래서 좋다
있어서 좋다
사랑할 수 있어서 더 좋다

네가 내 맘을 떠나지 않아서
더 좋다

2 장

어둠 속에 피는 꽃

자식들에게

내 마음의
내 작은 소망은 어쩌면
그대들에겐 감옥과 같은 속박인 것을
난 오늘도 모른 체하며 살아갑니다

왜? 또 나를 바라봅니다
나 자신을 위함인가?
아니, 그대들을 위함인지?
날 원망하는 상상을 또 하면서

그래도
난 그대들의 삶에 조금이나마 무엇인가
도움이 되길 기도하면서
오늘도 또 반복되는 소리에
지겨운 날이 될지 몰라도
어떻게 한다냐, 사랑하는 걸…….

창밖을 바라보며

지금 많은 비가 내립니다
스피커의 진동처럼
가끔은 요란을 떱니다

오늘은 내 가슴에도
비가 내릴 듯싶습니다.
그리움이 이미 빗속을 헤매고
그 그리움의 가슴엔 그리움이 흘러내립니다

나를 지켜주는 사랑의 고마움
그 사랑의 힘에
방황에서 벗어나는 나 자신이
그 사랑의 힘에 비가 내립니다
내 가슴에도
사랑하는 사랑한다는 말은 늘 생략한 채 말입니다

조금 부족한 행복

가득 채우려
작은 마음의 행복을 낭비하지 마라

빈 주머니가 오히려
날 가볍게 하고

가벼운 마음은
금세 내 마음을 따뜻하게 한다

부족함 채울 것이 있어 좋은 것을
왜 넘치는 아쉬움에 힘들어 하는지
그것은 빈곤을 초래하는 불행

난 부족함이 있기에
아직도 내일을 기다리는지 모른다
설레는 시간으로

또 다가올 내게 주어지는
모든 것들이 내겐 행복이기에

추억으로 가는 날들

또 찾아왔다,
아쉬움만 남긴 발자국

그래도 가슴은 뛴다
또 다른 날이 설레게 한다

슬퍼하지 말자
아름다운 시간을 위하여
비록 보내려니 코끝이 찡하는 아쉬움

그래 아쉬워는 하자
떠오르는 태양이 어제와 똑같지 않은가

아직 내 가슴은 타오르는 십대와 같이
조금도 늙어 간다는 것을 모르지 않는가

살며 사랑하며 살아가자,
아쉬움이 덜하도록…….

작은 눈으로 평가하지 마라

작은 눈으로
세상을 보고 말하지 마라

가슴이 얼마나 따뜻한가를
들여다본 후

작은 가슴이 얼마나 큰 사랑을
간직하고 살아가며 행동하는지
작은 눈으로 보고 평가하지 마라

세상살이 마음과 달라도
그래도 세상은 내 생각보다
사랑이 가득하단 말이야

사랑 베풂은 마음으로 하는 것이기에
마음만 뜨겁게 달구고

사나운 사연만 세상을 더럽혀
모두가 나쁜 세상을 간직하고
평가하며 살아가는지 모른다
아직은 내가 평가하기 힘들 만큼
사랑이 가득한 세상인 것을……

하늘에 그리며 사는 마음

흘러내린다
밤새 그린 수채화
조그만 빗줄기에도

떨어져 날린다
살면서 의지했던 마음이
작은 미풍에도

네가 내가 아닌 것을 또 잊은 체
널 사랑하기에
가슴엔 파란 멍이 되어 아파한다
미워하지 말자
너보다 내가 더 아프니까
사랑만 하련다

아름다운 화선지

하늘에
하늘에 사랑, 그리움, 미움을 그리려네

하루, 이틀
아니 눈 감으면 찾아오고
눈 뜨면 지워지는 한 폭 속에
상상의 하늘마다에 예쁜 그림 그리며

더 넓게 펼쳐지는
그 사랑, 그리움
하늘 향해 내 마음을 담아
하얀 눈물자국을
저— 먼 하늘에 한없이 멀어져 가는

아— 아름다운 화선지
그리고 지우고

파란 하늘에 사연 실어

사랑을 또 그려 봅니다
아지랑이처럼 따스함이 피어오르듯
모락모락 피어나던 싱그러운 날들

어느덧 훌쩍 커버린 잡초의 키처럼
내 안에 간직한 사랑도 또 그렇게 키워 갑니다

짙어져 푸른 강이 출렁이듯
먼 하늘에 닿을 듯한 녹음은
작은 바람에도 파도처럼 밀려옵니다

사랑을 그리며 다가오듯
사랑을 전하며 다가오듯
아— 하늘에 파—란 하늘에 사연을 실어
그대에게 띄워 봅니다
내 사랑은 언제나라고…….

내 마음의 행복

잠에서 깨어
당신 생각에 잠을 이루지 못했네

곁에 있어도 늘
조심스러운 것이
내 마음의 전부인 것을

얼마일지 모를 시간들이련만
그 시간이 보석보다 더 내 마음의 행복인 걸

다시 눈을 감고
꿈꾸는 당신 품에 잠겨
내일 행복한 사랑의 나래를 편다

스치듯 지나가는 수많은 우환들
마음속 행복에 드리우고
난 그 행복만을 키우듯 지켜 갈 뿐

이미 내 가슴속에

행복
찾으려 들지 마라

돌아서서
내 가슴을 들여다보라
얼마나 행복한지…….

따듯한 행복

내 손에 들어가는
작은 지갑을 열어 베풀어라

내 가슴에
얼마나 따듯한 행복이 찾아오는지…….

가정의 달을 보내며

살면서
미워하고 사랑하는 날들 중에
5월을 가정의 달이라 정한 것이
참으로 슬퍼진다

가정. 가정이 무엇인가?
살아 숨 쉬는 모든 영혼을 가진 것들은
가정이라는 울타리에 묶고 묶이려 한다
안식처요 보금자리이기 때문이다

문 밖을 나서면 두렵다가도
집에 들어오면 모든 긴장과 내면의 모든 것도
감출 필요가 없기 때문일 게다

왜 5월을 가정의 달이라 정해 놓았는지
참으로 안타까운 발상이라는 생각이 들 뿐이다

날마다 가정의 날, 날마다 효를 행하는 날들이거늘

이런 날들을 정해 놓고 야단법석을 떤다는 것이 왠지
가정에 문제 있는 자들의 발상이 아닌가 싶다
날마다 사랑하고 날마다 사랑받는 가정
눈 돌려 이웃도 사랑하는 날들이면 좋겠다 나는

귀 닫고 사는 그들

언제나처럼
말하기를 좋아하는
누군가에게 자신에게까지

들으려 들지 않는
포장하고 치부하려는 세 치 혀
빈 머리에 든 것도 없으련만

늘 합리화시켜 간다
바로 바닥이 드러나고 나서야
좀 더 귀 기울여 들어주는 마음이 늘 아쉬운…….

돌아서 생각하면 후회하고
어느새 잊고 또 되풀이되는 삶
별거 아닌 자신을 망각한 채 또 하루를 죽여만 간다

또 다른 유혹에 자신은 넘기고
우리를 능멸한다

현실의 사랑

하얀 햇살
불을 꺼도 하얀 밤

내 마음 사막에 있다
단비를 기다리는

끝없이 내리던 장대비를 원망하던
지난여름을 그리워한다

또 다른 내 마음
또 다른 오늘을 추구하면서

오늘을 소중히 사랑하며 살 것을
매일 잊은 채 또 다른 싸움을 하며
그 시간들을 즐기듯 산다

문득 길에서

가려다 멈춰 선 자리
번뇌의 자리가 되어 버렸네
가려던 길이 아니었기에 모진 비바람만 맞고 말았네

뜻과 생각 후유증만 남기고
문득 서 바라본 지나간 시간
얼룩 가득한 과거가 되어 버렸네

함께 힘들어하던 지난 시간들만
뒤돌아 바라보며 후회만 한다
내 마음의 길이 아닌 추억으로 남기면서…….

낙엽 같은 인생

피어오르듯
아지랑이와 함께 시작된 삶이

나뒹굴듯 한 삶은
수많은 낙엽처럼 살아져 갈 것을…….

욕심에 얽매여 많은 날들을
스쳐 보내고 마는 삶

어차피 떨어져
흔적 하나 크게 남기지 못하고
한 줌도 못 되는 삶이련만

오늘도 세상사 그 허구에 눈이 멀어
어디쯤 온지도 구분하지 못하고
슬픈 시간을 만들며 속절없이 보내고 만다

묵향 번지는 초가삼간에
나를 묻고 살아가려네

또 다른 내일의 꿈

나는
어제도
오늘도
새로운 내일을 꿈꾸며 살아간다

나는
매일매일 그렇게 또 다른 나를 위하여
또한 또 다른 시간 속을 여행하며
즐기며 만족하며 살아가는 날들 속에

나는
그 취해 버린 미지의 날들 속에 꿈을 싣고
그 꿈을 사냥하듯 시간 속에서 나를 찾아가며 산다

나는
버린 듯한 시간도 꿈같은 시간도

또 돌아보며 그 시간 여행의 여유를
찾아 헤매곤 한다

나는
사랑하는 영혼과 영혼 또한 육신이
다하는 그날까지 그 미지의 내일을
꿈꾸며 살아가련다

미완성의 인생

지쳐 잠시 쉬고 싶어도
쉴 자리가 아직 없소이다

두 눈이 감기어 눕고 싶어도
두 다리 뻗을 자리도 없소이다

지독한 슬픔에 호곡하고 싶어도
통곡 가릴 만한 건 작은 손바닥뿐

한 줌 꿈인 흘러가는 인생
욕심을 부리면 무엇 하겠소
나 너 모두가 한 줌의 꿈인 걸

내가 가진 것은 따듯한 마음 하나
추위 타지 않는 것이 행복

그래도 부족한 게 있다면…….

마음의 방황

텅 비어버린 내 마음의 공간
쭉정이의 곡식처럼 비어버린 공허
의미 없이 버려지듯 한 날들

새싹의 연푸른 낙엽
나 자신을 채찍하며
울부짖는 시간들

잘 익어 가듯 살아가는
주위를 둘러보며
멈칫 자신에게 채찍을 들어 본다

그래도
그 마음의 방황을
이제 오늘이라도 나를 찾듯
새로운 꿈을 꾸며 살아가련다
사랑할 날이 아직은 많으니…….

삶의 초보자들에게

인생을 예술가처럼 만지작거린다
라이브를 하는
너, 나 실은 오늘이 매일 초보일 뿐인데

그러면서도 늘 큰소리친다
뮤지션이라고
다들 안다, 별거 아닌 걸

오늘도 그렇게 만지작거린다
상상의 나래만 켠 채로
누군가처럼 매달리지도 못하고

그렇게 별다른 노력은 잊은
하늘만 원망하며 아쉬운 시간만 죽인다.
얼마 주어지지 않은 날들을……

돌아보며 또 다른 눈물만 흘릴
초라한 삶을 후회하며…….
더 줄래도 줄 게 없는 슬픔이라오

삶의 그림자

떠나려는 추억
또한 잊혀져 간 날들 중에
수없이 간직했던 사연 가슴에 지니고

나뒹구는 숱한 사연들의 몸부림처럼
그 중간에 섞여 먼 기억 속으로 사라져 간다

미풍에도 나 자신을 방어하지 못하고
무너져 내리듯 흩어져 쌓이는 낙엽처럼
삶은 그렇게 모두에게서 잊혀져 간다

온갖 권모술수와 풍랑처럼 살아가는 삶
그 끝은 초라한 지난날의 모습이련만
자신은 자신만은 아닌 체
아니, 아니길 바라며

작은 가슴마다에
많은 사리사욕을 가득 채운
오늘도 또 다른 먹이를 찾아 혈안이 되어
잘들 살아들 간다

인생길에 詩를 안주 삼아

가다 보면 만나는 숱한 사연
난 또 누굴 만나러 가는 길인가

밤을 지새우고 또한 약속된 길
매일매일 같은 인생길
어쩌면 의미 없는 길도 같으련만

우리는 늘 그 길을 간다
새로운 길에 대한 설렘보다는
두려움이 앞서기 때문일까

人生 가는 길에
좋은 친구 나쁜 친구 수없이 많으련만
여보게 나라면 말일세
喜怒哀樂을 함께할 그런 친구
양 옆구리에 두어 병 술에

안주는 詩쯤 어떠신가?

떨어지는 낙엽 밟으며 말일세

삶의 중간쯤 서서

삶
어디쯤 가고 있는 걸가
새싹이 돋아나듯
꿈에서 깨어나듯
모두 그렇게 시작하건만

숱하게 많은 계절이 흘러가고
수많은 사연이 얽매여 갔건만

기나긴 겨울 추위에 얼어붙어 정체된 삶처럼
그 역행된 삶이 고달프기만은 아니한 것을

왜 자꾸만
마음이 암울해지는 걸까
생각과 뜻이 내 맘대로 만은 아닌 것을
눈은 다 녹아 가는데
더 사랑하라고?

금방 간다기에

금방 간다기에
세상에
눈물을 흘리며 왔네

금방 간다기에
세상에
아픔 반 기쁨 반인 걸 모르고

금방 간다기에
세상에
행복과 사랑만 있는 줄 알았다네

삶이 다 그런 것을
원망만 한다네
나만 그런 줄 알고…….

하루살이를 보며

삶들 중에
하루살이란 놈은
비 오는 날 태어나 날갯짓 한번 못하고
어느 놈은 그 빗물에 삶 한번 구가하지 못하고
그런 것이 삶이련만

어느 운 좋은 놈은
좋은날 맑은 하늘을 보며
수많은 후손까지 번창시키고
늦은 시간까지 날갯짓하다 그렇게 간다

인생
결국 보잘것없는 것 같아도
그 아무리 풍파가 많이 있다고 하여도
행복하지 않은가

비교하여 슬퍼하는 삶보다

현실을 잘 즐기며 이용하는 현명한 인간

아─ 행복한 날들이구나

오는 날들이

차갑게 흐르는 시간을 그리워하며

마음에 행복을 간직하고

사랑하며 산다

겨울날의 자화상

날 가두어 놓고
날 잊어버린 채 살아온 날
이제, 이제야 조금씩 날 해방시켜 본다

내가 누구인가?
난 어떤 사람인가?
나를 포장하고 속박하고
결국은 보잘것없는 헐벗은 나를 잊고…….

수없이 많은
이제 반은 늙어 버린 모습에서야
돌이킬 삶이 없다는 것을…….
수북이 쌓인 하얀 산하를 보며

아— 이제라도

날 알아볼 수 있어
행복하다

한 해의 끝자락에서

보내는 아쉬움보단
또 다른 날
또 다른 나
참을 수 없을 만큼 궁금해서…….

한 해 더 묵은
내 몰골을 상상하긴 싫어도
그 그림자 오늘과 또 다른 나이기에
난 아직도 설레며 살아가련다

어차피 늙어 간다 생각하기 싫은
내가 하고픈 일, 날 기다리는 날들이기에
그 기다림을 그리워하듯 찾아 헤매도

지금보다 더 욕심을 내련다
더 아름다운 내 모습을 상상하듯

그 상상에 날 꿰어 맞추어

아름다운 노을을 그리며 말이다

사랑하며…….

동창회

내가 친구를
친구가 나를 부르는 시간

아무런 생각 없이
어린 날에 잠시 머무른 시간

몸은 다 늙어들 가련만.
노는 모습은 예나 지금이나

그래서 먼 길을 달려
이렇게 또 모여 있구나

떠들고, 웃고 지쳐 갈 무렵이면
또 만날 시간을 그리워하며

하나, 둘 그렇게
그날을 그리며 흩어져 간다
마음은 소싯적 그곳에 남긴 체

아버지란 이름으로

아버지는 그래야만 했다
혼자서 눈물지을지언정
자식 앞에선 강해 보이려

자식이 원하는 일이라면
어떤 어려움이 닥쳐도

행복하게 먹는 모습에도 내 가슴까지 차오르고
그래도 부족하여 돌아서서
초라한 마음에 눈물지었지

아무리 힘든 일이라도 자식 생각에 힘들지 않았고
아무리 부끄러운 일을 해도
부끄러운 마음을 가져 보지도 않았고

형편이 되지 않는 자신에

부족해 하는 가족 앞에
술에 조금은 취해서야 나를 바라볼 수 있었다

이제 나도 늙어 가는지
어릴 적 아버지 어깨가 이제야
내 마음의 눈에 들어오네

아들에게

아빠는
네가 지쳐 힘들어할지언정
네 뜻을 받아들이지 못한다

네 몸이 아파 하소연해도
묵살한 체 더 다그치기도 하지

네가 조금은 힘들어 쉴라치면
아빠 아빠의 주장만으로 널 힘들게 할지 모르지

네가 지쳐 쓰러져 힘들어할 때면
아빤 돌아서서 눈물만 흘리고
먼 훗날의 너의 삶을 위해 좀 다그치고 있을 뿐

시간이 흘러 네가 널 알 무렵 함께 어깨동무하는
친구가 되자고, 아들아—

어둠 속에 피는 꽃

서산에
해가 넘어갈 때면 깨어난다

낮이 부끄러워
햇빛에 드러낼 수 없어서

또는 쓸쓸히
또는 무리지어
어둠이 깨어날 때까지
말없이 지키는가 하면
긴긴밤을 토해 내듯 보내는
그래서 오늘도 밤을 기다리며 보내는지

음지와 양지
찾는 이가 있기에 밤들마다
화려한 네온이 유혹을 한다

내일이 있기에

늘 갈구하는 날들이
오늘이라는 것을
어리석게도 잊으며 살았어

지나간 과거를
자랑삼아 되뇌고
희망찬 미래를 꿈꾸지만

그 행과 불행을 늘 부딪치며
매일 망각하기에 오늘이 아름다울지 모르겠네

지쳐 쓰러지려 해도
맘속에 미래가 잊기에
지금 지금을 망각하며 살아간다 어리석게도
더 사랑하며 살아갈 내일이 있기에…….

3 장

그래,
사랑만 하고 살자

깊은 잠에서 깨어

아무도
아무것도 보이지 않는
깊은 잠에서 깨어나려 애를 써 봅니다

찬란한
찬란한 햇살을 바라볼
자신도 용기도 없습니다

그러나
누구도 일깨워 주지 않았습니다
삶의 깊은 의미를……

날마다
부딪치는 곳에선 싸움만 보입니다
다 가지려는 아우성뿐입니다

이제는 꿈에서 깨어나야 합니다
삶의
진정한 향기를 맡으며 말입니다

내 눈물의 의미

왜 눈물을 흘렸는지?
한참을 울고 나서야 알았어

안타까워하기보단
내가 나를 억제하지 못한 채

작은 눈 쬐그만 가슴을 지닌 나 자신이 초라해
그토록 슬피 울었는지 모른다

모든 일상사가 언제인지 모를 시간 속에
추억으로 묻힐 삶이란 걸 잊은 체

나의 치부는 늘 당연시 여기고
사랑, 나눔 또 잊어버리는
나를 잠시 돌아보며 말이네

남아 있던 날들

이름 없는 돌처럼 소리 없이 살다
나 여기 가고 없어도
또 다른 날
또 다른 님들은
이 자리를 지켜가겠지
나 혹시 잊혀지려나
많은 이들의 머릿속에 머물렀으면…….

아니지
아팠던 날들을 잊으려 들지도
내가 살아가면서
내 머릿속에 지워지지 않는
그 이름들이 남아 있듯

남아 있던 날들
비바람에 조금씩 변해
살아지는 날이어도…….

꿈 찾아 떠나는 여행길

흐르다
잠시 멈춘 자리에
고요한 평화가 흐른다

가파르고 험한 길
온갖 역경을 간직한고
잠시 쉰 자리를 뒤로한 채 큰 꿈을 향해 또 떠난다

오염 한 점 없이 모두가 시작하련만
만나면 만날수록 탁해지는 삶
그래도 모두의 꿈은 하나라네

넓고 넓은 광활한 땅
그 속에는 온갖 험한 길
그래도 두려워하는 이 없고

꿈만 찾아서 떠나간다네
기약 없는 내일을 위해…….

어느새 언제나 그렇게

금방이라도
무너져 내릴 듯 노하다가도
환한 미소를 짓네

내 마음 모든 걸 버릴 듯
감정을 주체 못하다가도
어느새 잊어버리는 순간처럼

변하고 바뀌는 것이 세상사거늘
집착해 그르치는 것들
언제나 넘치게 많으련만

순간순간 또 잊어버리고
살아내는 것이 인생이라네
그렇게 오늘 하루도

또 다른 시작

2월이면 卒業을 한다
한 놈은 웃는 얼굴로
한 놈은 죽을 쑨 모습을 하고서
또 다른 시작인 것을
졸업을 하면서 표정 관리를 못한다

세상이 얼마나 어려운지
아니, 생각을 바꾸면 즐거울 수 있다
내 일에 따라서
생각에 따라
시간이 늘 부족한 것을

젊은이들이여
졸업을 즐겁게 생각하고
또 다른 세상이 그대를 기다리고 있으니
삶을 졸업하는 그날까지…….

친구에게 띄우는 편지

오늘도 난
울고 말았네

낙엽
낙엽 떨어지던 그 스산한 날에
자네의 아픔을 알았는데

그 스산하던 날이 한 해가 돼 버렸으니 말이네
아무 생각도 없이 병실을 나와서 얼마를 울었던지
내가 아파한들 무슨 소용이 있겠냐마는
더 아픈 것이 마음밖에 줄 수 없는
안타까움인 것을

차마 자네를 바라볼 자신이 없는 이 마음을
죄인과 같은 이 마음을

이렇게 글이나마 너에게 보내 본다
떠나버린 너의 영전에…….

호수에 비친

내 가슴은
어떤 사람인가

두껍게 얼어버린
겉모습만 뜨거운

미풍에도 파도 되어
출렁이듯 중심 없는

지쳐 보이도록 잔뜩 짊어진
그 욕심을 채우려
하이에나처럼 모두에게 다가서는

아니다
헐벗은 몰골이어도

뜨거운 가슴을 지닌
그런 나였음 좋겠다

진실

닫혀
서로 답답한 마음을

내 가슴을 먼저 열어
너의 가슴을 열라 하겠다

가는 길
무거운 짐을 지고 기웃대듯
눈치 보는 일 없는 삶

당신과 나
다 주고 가자고요

8월의 비

8월의 달아오른 대지 위에
촉촉이 내리는 비
한걸음 한걸음 옮길 때마다 피어나던 흙먼지도

무성한 나뭇입 태양에 지친 모습도
어느새 힘차게 날갯짓을 하네

8월의 달아오른 대지 위에
촉촉이 내리는 비
갈증을 식힌 대지는—
아지랑이 피어오르듯
물안개를 피워 올린다

발 옮길 때마다 피어나던 흙먼지도
무성한 나뭇잎 태양에 지친 모습도
어느새 힘차게 날갯짓을 하네

가을에 취해 방황하다

어디쯤 온 걸까
어디로 가고 있는 것일까

한 번은 주저앉고픈 생각
힘차게 뛰고픈 꿈

무얼 주고 가야 하는 걸까
어디쯤 가서 나를 봐야 하나

푸른 하늘에 뭉게구름이 흘러가듯
오늘도 가을날의 노을만 붉게 물들어 간다

마음에 또 왔다가는 가을
정신을 놓고 또 저녁놀만 바라본다
허전한 마음의 발자국에 잠시 맘을 추슬러

난 지금도 그리워하는가?
아님, 아직도 청춘처럼 가을에 취해 방황하는가?

가을날의 풍경

가을 소리가
두 귀를 막은 음악소리에도 섞여 흐른다
여인네들의 수다 소리

산사의 목탁 소리
가을벌레의 울음소리
군데군데 잣의 무덤
다람쥐, 청설모 중 누구의 짓일까?
긴 장마가 만든 알 없는 밤송이 가시만 뒹군다

흩어져 날리듯 떠나는 하늘
또 다른 가을날을 기약하며……
내일이면 더 싸늘해진
숱한 날 더 성숙된 자연을 기다리며
떠나는 가을을 아쉬워한다

알맹이 없는 상수리 도토리
올 겨울을 어떻게 보낸다냐?
다람쥐의 걱정 소리

마지막 낙엽

마지막 발버둥일까
종종걸음에 바람을 피해서
모두가 뛰듯 사라진다

더 이상 추위에 바람에
매달릴 기력조차 없어진 잎새
바스락바스락 나 홀로 느껴 본다

볼을 스치는 매서운 바람
나 홀로 무슨 청승을 떠는지
아— 그래도 낙엽 소리에 내 맘을 달랜다

무리지어 군무하듯 날리는 낙엽
군데군데 그들이 담긴 자루들만
회색 도시의 인도마다 쌓여 갈 때

자루 긴 비든 아저씨
낙엽만 원망한다
빌어먹을 한 번에 떨어지지
그러겠지? 내 마음은 안 헤아리고…….

밀려오는 한파에도

살이 메여 오듯
밀려오는 한기에
더욱 어깨만 움츠려 들고

마음에 스미는
조그만 미풍에도
발걸음은 종종걸음을 한다

난 아직
가슴에 사랑이 있다
크지는 않지만 조금은 나눌 사랑

조금은
뛰고 이기려 들고 싶어도
가슴의 작은 사랑의 힘으로
다가오는 마음의 한파는 떨쳐 버리려네

조급히 생각하면 더
마음에 여유가 없어서…….

산은 나를

산은 나를 부르네, 메아리 되어
사랑하며 살라 하네
매일 매일 보자 하네
연인을 기다리듯…….

산은 나를 부르네, 메아리 되어
사랑하며 살라 하네
매일 보자 하네

산은 나를 웃으며 살라 하네
크게 웃으며 메아리 되어
함께 웃자 하네

산은 나를 즐기며 살라 하네
언제나 놀이하며 즐기듯
함께하자 하네

산은 나를 가까이 살라 하네
어려운 사이 아닌 친구로
영영 건강하라 하네

가을 문턱

난 차가운 바람이 좋다
내가 안아 줄 마음의 공간이 있기에
더위에 지쳐버린 심신을
차갑게 다가오는 가을의 향기에
다 열어젖힌 가슴을 하고서

금세 떨어지는 나뭇잎 바라보며
눈물지을지 몰라도 난 가을이 좋다
벌레소리가 서러이 들리어 귓전에 메아리쳐도
아— 오색의 낙엽이 그리워진다
이 팔월을 보내며…….

삼복에 태어난 사람

산에 오르다
흐르는 땀 식히다 깜짝 놀라게 한
숲 속의 눈사람을 보았네

이 무더운 날에 하얀 모습 하고서
잠시 겨울 생각에 잠기게 한
하얀 눈사람

흐르는 땀 잠시 잊은 채
그 모습 가슴에 담아 하얀 겨울을 취해 보네

비 내린 날 갠 오후에 태어난
하얀 눈사람 그 모습을 한 버섯 한 송이

이 고운 모습에 눈사람 부르고
시간 여행의 짧은 아름다움에
오늘 이 무더위를 잊으며 보내네

그래, 사랑만 하고 살자

나 여기 서서
또 한 권의 책을 받아든 마음

너무 무겁다는 생각만이
두 어깨를 누른다

아름답지 못하더라도
세상에 누가 되지 않는 삶을 그리련만

정처 없이 내딛는 이 발걸음
오늘 따라 떨어지질 않네

어디로 갈까 어디로 갈까나
별거 아닌 인생 두려움이 앞서네

바람 따라 가는 삶
마음속에 행복 그리며
그래, 사랑만 하고 살자

흐르는 세월 속에

울창했던 모습은
앙상한 모습으로

내 마음도 텅 빈 시간 속
아쉬움만 자리하고 있네

계절이 바뀌면 숲은
또 다시 그 모습이련만

난 왠지
이 시간들이 아쉽기만 한 것을

왜 인간은 시간을 만들어
그 시간에 노예가 되는 것일까

하루하루 흐르는 시간

마음은 늘 청춘을 꿈꾸며
헐벗은 나를 숨기며 살련다

선인장花

눈이 부셔라
내 모습 부끄럽도록
거친 가시 살포시 피어오른
한 잎 두 잎 겨우 몇 잎이련만
눈을 뗄 수 없네
가슴에 닿아

이슬을 먹는 그 뜨거운 사막이 고향인 것을
지금 모든 걸 잊은 채 뽐내고 있네
네게 마음 뺏기어 콧등을 대고 싶지만
그러기는 허용치 않는 도도한 선인장화
하루 이틀 그렇게 뽐내다 떠나가는
선인장화 당신

너무 아름다워

달력을 넘기며

또 하나를
그렇게 떼어 내려니

한 해가 질 녘이라 그런지
뒤돌아보게 되네

걸어온 길도
깊이 파인 그림자도

또 남김도 없이
마지막 장 앞에 서고 말았네

한 장, 한 장
세월만 파먹는 느낌은

깊어 가는 쓸쓸한 밤
오늘은 잠을 못 이룰 것 같네

시간 여행

낙엽 된 자리 올려보다
푸른 하늘과 마주쳤네

먼 하늘 푸르기만 한데
빈 가지 바람에 살랑살랑 흐느끼네

엊그제도 꽃단장 하고
지나는 객에게 눈홀림 하더니
푸른 하늘 마주치니 얼굴만 불거지네
또다시 봄이 오면 넌 또 다른 청춘이련만

어떻게 한다냐?
이 몸은 또 다른 봄, 봄을 기대조차 못하는 몸
그래, 가라 어디까지 가는지

내 마음은 그래도 저 하늘에 수를 놓는다

연초록, 파랑, 아니 붉게 타오르는 그런 색을
'사랑'이라고 써 본다

내일을 맞이하는 자세

잠에서 깨어도
꿈속에서처럼
삶의 머나먼 여정을 이미 떠나온 인생

어디쯤이었는지?
무슨 날들이었는지?
모두 잊고 또 다른 날을 향해 걸어간다

지나버린 시간 많은 사연
또 다른 어리석음이 다가와도
나 자신을 책망하지 않고

언제일지 다가오는
내 삶의 최고의 날들을 가슴에 안고
한 해가 내 곁을 떠나도
그 꿈을 꾸며 내일을 맞이하련다

아름다운 햇살

간절함일까?
암흑에 갇혀 여름이란 긴 시간을
무수한 빗줄기만 바라보았네

8월
8월의 끝자락에서야
눈을 의심하듯 화려하게 돌아온 햇살

어둠에 갇혀 신음하듯 지나버린 시간들
잔뜩 끼여 있던 두 눈의 오물이 벗겨진 듯
아침 햇살이 내 마음 유혹하네

아― 아름답다

아쉬운 시간

사랑하기에도
모자란 시간들인데

떠날 시간들은 대기하듯
자꾸만 다가온다

이제 더 이상 떠나보낼 자신도 없어
매달리듯 하루하루를 보내련만

자연의 순리 앞에 무력한
초라한 인간이기에

발버둥 치며 욕심을 채우듯
오늘을 살아가는지 모르겠다

아까시아 꽃길

따스한 바람 불어 피어난 꽃
비에 젖어 떨어지는데
그 향기 찾아가다
빗속을 헤맸네

하얗게 깔아 놓은 아까시 꽃길
밟기도 아까운데
비에 젖은 향기는 콧등을 유혹하네
얼마를 걸었을까?
아까시 꽃길
뒤돌아 바라보니 아쉬움만 더하네

비에 젖어 떨어지는 아까시 꽃잎
진한 유혹 향기로운 날
또 다른 봄날 기다리련다

하얀 어둠

하얀 아침입니다
여명 오기 전 농밀한 하얀 안개가 찾아왔습니다
차창엔 겨울과 함께 깊은 안개가 얼었습니다
출근길
신호등 아래 멈추어 서면
앞서가던 차들은 하나둘 빠져듭니다
깊게 싸여 버린 안개의 세상으로
그래도 모두 잘들 달려갑니다

앞을 볼 수 없는 아침이련만
모두가 변함없는 날일 뿐입니다
안개 속을 헤쳐 나와 빛이 보이듯

인생은 언제나 안개 속 같은 걸

어느 안개 낀 아침에

안개가
겹겹이 쌓인 낙엽을 덮고
집 나서는 내 발목을 잡는다

겨울을 재촉하다
멈추어 선 자리, 나도 머뭇거린다

어디로 갈까?
나를 잊은 시간을 찾아서……
앞을 막아선들 못 갈 리 없다, 어디든
내 발길 어디쯤 가다 지쳐 힘들어도

어디인지 모를
그곳의 나를 찾아 두 손 헤집으며
가로막혀 버린 장애들 잠시 쉬어간들―

연인산

화려한 철쭉의
5월은
흔적 없지만

부드러운 산길
여인네 피부 같고

가도가도 하늘 길
열어 주지 않으니
먼발치 해님과 숨바꼭질하면서

이름 모를 산새소리
산행 길벗을 삼아
어느새 장수샘 당도했네

앞산의 명지산 이리 오라 손짓하고
저 멀리 화악산의 웅장함에
내 마음 설레네

안개 낀 천마산

이슬비 내리는 이른 아침
물병 하나 달랑 메고 오르다 보니

산이 깊어 갈수록 안개가 감싸 줍니다
헤쳐 지나가듯 오르다 보니
아—
세상은 잿빛 안개에 싸여
누구도 볼 수 없는 미지에 홀로 남아
잠시나마 '난 신선이다'라고 마음속으로 외쳐 봅니다
뛰어내리면 솜처럼 감싸 줄 듯싶은 착각에
스치듯 지나가는 안개바람
아— 아름답습니다

새벽 눈

日出이 오기 전
世上을 하얗게 만들어 놓고
날 깨우는

세상의 더러움
모든 허물을 덮어 버렸네

어제처럼 또 다른 어제를
살아가는 내 마음을

하얗게 덮어 주니
오늘은 내 마음마저도 하얗게 되어
세상사 다 잊고 사랑하라네

흰둥이도 검둥이도……,

이름 모를 야생화여

네 곁을 떠나기가
이토록 아쉬운 것이…….

미풍에도 지탱하기 힘든 가냘픈 몸
깊은 산속의 바위틈

물 한 모금 닿는 곳 없지만
아침 이슬을 간직한 채 웃는 아름다움에

깊이 취해버린 나는 바라보다 널 두고
어둠이 내리는 깊은 골짜기
그 두려움 뒤로 내일을 기다리는 너의 모습에
잎가에 미소만 머금고
그 아쉬움만 가슴에 담아
넘어가는 땅거미를 따라간다

4 장

먼 하늘 그리움에
눈물만

이슬 먹은 가을 산

이른 아침 산에 오르다
이슬을 먹는 수목을 바라다본다

그래, 네 놈들은 맑은 공기 이슬만 먹고 사는구나
난 중얼대듯 허탈해 하며 묵묵히 또 오른다

한참을 올라 해도 떠오르는 중
하얀 산안개만 정상을 휘감겨 있네
포근히 덮고 있는 모습 그래 부럽기만 하구나

이슬에 젖어 정상에 오르니
하얀 구름이 발밑의 산허리를 감싸고
아— 오늘도 난 신선인가 하고 흡족해 한다

먼동이 터오는 시간 하산 재촉하여

두꺼비 이놈 이슬이라 생각하고
한 잔 한 잔에 또 시간만 낚고 가네

자연은

한 해 동안 세상과 더불어 살다
분신을 모두에게 양식으로 내 놓고
가진 거 없지만 당당히 해를 또 마무리한다

정말 없어 보인다
꼿꼿해 보인다
얼마나 행복할까?
모두 소유한 우리에겐 부끄러울 뿐
더 가지려 싸우고 다투고
결국 내 것이 하나도 없는 것을
다 주면 환상이 되는 마음을 잊은 채

내일이면 나도 줄 게 있으려나?
그래, 내일 다 주고 살자

잡초(雜草)

황량한 자리
버려진 듯
내겐 그래도 기쁨이 있네

이름 없는
초라한 꽃이련만
가시덤불 사이로 내민 얼굴엔
욕심 없는 맑은 모습

그래도 마음은 세상을 다 품은
저 날리는 바람에도
내 마음 담아 보내는
사랑 바라기처럼
난 그렇게 사랑하며 살려네

겨울 지리산

밤차에 몸을 싣고 떠나는데
마음은 이미 천왕봉에 다다랐네

청하려는 잠은 차창에 흩어지고
설레는 맘만 머리에 감도네

새벽 4시 안개 낀 지리산
굽이굽이 오르다 법계사에 시주하고
즐거운 산행 되길 부처님께 빌어보네

이슬비에 안개 버무려져 미끄러운 바윗길
여기저기 등산객 신음소리 뒤로하고
천왕봉에 오르니 한 치 앞이 안 보이네

아— 여기가 천왕봉이구나
눈만 안 내리는 겨울의 지리산 날씨

3대가 공덕을 쌓아야 해맞이를 볼 수 있다는 천왕봉
아— 이 부덕의 소치

지나 버린 봄을 찾아서

창가에
하얀 나비가 나를 본다

왼쪽으로 날다
나를 바라보듯 오른쪽으로 날아간다

겨우내 그 춥던 겨울을 이겼다고
나약해진 나를 책망하는 것처럼

몸은 봄 아지랑이에 축 쳐져도
그래 푸른 날을 꿈꾸며

그 푸르던 봄날처럼
그래, 다시 한 번 날아 보자
날아 볼 창공이 아름답지 않은가?

창밖엔 눈이 옵니다

올해도 눈이 내린다
잿빛 그을린 대지
내내 뒹굴어 상처투성이인 낙엽 위에

눈이 내린다
내 가슴에도
지쳐 쓰러져 폐허 돼 버린 가슴에…….

눈이 내린다
정이 떠난 자리에
그리운 얼굴들 멀리서 다가온다

눈이 내린다
마음에 쌓여 있던
여러 색깔의 미움, 원망 모든 것을 뒤로한 채…….

코스모스

가을바람이 깨워
꽃망울을 터트린 코스모스

가을비에 젖어
하늘거리는 아름다움을 잊어 갈 무렵

세찬 바람이 삶을
송두리째 앗아가고 마네

또
살아갈 날을 기약은 하지만
살아 보니 좋은 날은 몇 날이 안 되는구려

시간이 가면
하얀 눈 이불 삼아 긴 잠을 청하련만
그래도 아쉬움에 하늘하늘 춤을 춘다

하얀 나라

난 아직도 가슴이 뛰네
하얗게 쌓인 눈 위를
벙어리장갑 볼은 빨개 가지고

나이를 망각한 동심으로
상상의 나래를 펴며 즐거워하네

문밖을 나서는 내 육신은
설설 기어 다니는 환자처럼
한발도 제대로 자신도 없으면서

하얗게 쌓인 산천만 바라보며
그 아름다움에 취해
마음만 날개로 난다

어린 시절

눈이 쌓인 뜰
어릴 적 그림을 그려 봅니다

고무신 안 녹은 눈에
양말은 꽝꽝 얼어 방망이
코는 두 줄기
철로 따라 흘러내린다

두 볼은
갈라 터져 핏발 뻘겋게
꽁꽁 언 두 손으론
눈뭉치 만들며 식식거렸지

눈 속에 묻어둔 고구마
아이스크림인 양 먹을 적엔

꽁꽁 언 가슴엔 따듯한
웃음만 넘쳐흘렀는데

그리운 건 왜일까?
힘들던 그날들이…….

꿈에서 만난 엄마

그리움에
마음에 촉촉이 흘러내립니다

어제는 엄마를 만났습니다
내가 너무 그리워했나 봅니다
생전의 모습을 하시고
이런저런 얘기에 밤을 지새웠습니다

또, 언제 뵐지 모르지만 꿈속에서라도
한 번씩 보는 것이 얼마나 행복한지 모릅니다
힘들어할 때마다 더 아파하시고
말없이 아파하시던 모습이
자꾸만 흘러내리는 눈물이, 가슴에 고일 뿐

엄마를 위해 할 수 있는 것이 없다는 것이
더 슬픈 날들입니다

먼 하늘 그리움에 눈물만

흩어져 뿌려 채색되듯 펼쳐진
저 하늘에
이름 하나를 써 내려간다

내 가슴에 간직한 이름
어머니
아니, 그 그리움을

흘러내리듯 숨바꼭질하듯
반짝이는 그 모습에 내 마음은
그녀에 기대어 있다
눈물만 흐르는 그리움만 간직한 체

어느새
구름 사이 반짝이는 먼 하늘에
그리움에 마음의 눈물이 뿌려진다

불러도 그리운 그 이름

어머님
'어머님'이란 단어만 나와도
가슴이 뭉클해 옵니다

어머님
생각만 해도
눈물이 흐릅니다

어머님
그 따듯한 손길
왜 그리 그리운지 가슴이 메어 옵니다

어머님
불러도불러도 그리운 어머님
그 사랑 그리워 애만 태우고 있습니다

어머님
어머님 살아생전 생각하며
오늘도 그리움에 눈물만 흐릅니다

그대는 기쁨이었소

불볕더위에도
콩밭고랑에 피어나는 잡초들
비 오듯 흐르는 땀 훔칠 시간도 없는 듯

삼베 저고리 젊을 적 엄마 모습 아름다웠소
힘들어도, 죽도록 힘들어도 내색 한 번 않으시고
해 지고 잠든 엄마 모습 바라보면

엄마는 평화고 사랑이었소
일어나기 싫어하는 아침마다 내 모습 바라보는 엄마
어쩌다 마주치는 눈, 그 속에는

어린 내 가슴에도
거역하지 못하는 기쁨이었소
그 아침 엄마의 그 눈빛 그리워
눈물이 흐릅니다

엄마

흘러내린다
혼이 빠져나가듯

언제쯤 잊으려나
마음은 잊겠지 잊겠지 했는데

언제나 그 자리를 차지한 당신
먼 하늘 반짝이는 별이 되어

부족했던 많은 날 원망의 시간들
그리움만 넘쳐가고

사랑이라고 말 못하고 바라만 보던 당신
난 선 채로 지금 울고 있다오

외로운 밤에

난
그리워하려 해도
그리워할 자격이 없습니다

왜냐고요?
내가 나를 너무 사랑했기 때문입니다
사랑하는 시간, 그 시간을 즐겼기 때문입니다

지금
밤비가 내립니다
난 비에 취해서 이 밤을 즐길 뿐입니다

지금은
아무도
탓하는 이가 없습니다

그러나
아무도 나서지 않는 이 밤
아름다운 밤입니다

날 사랑하고
날 잠시나마 돌이킬 수 있는 시간
참으로 아름다운 밤입니다

고독의 시간

혼자만 서 있는 듯
혼자만 가는 듯
혼자 힘들어 한다

왠지
혼자인 듯 생각이 깊어만 가는 날들
나만 힘들고 버려진 것처럼
마음에 계속 밀려드는 쓸쓸함

소외되고
아무도 봐주는 이도 없는 것 같은 날들
말없이 지나가는 시간들이 원망만 쌓이고
눈을 뜨면 부질없이 또 지나가는 시간들이련만

내 마음
그 밀려오는 그리움을

감추지 못하고

사랑도 미움도 매일 또 그렇게 왔다 가련만

그 외로움에 저물어 가는 내 마음만 초라해 오네

지난날들 속에

모든 것이
내 마음과 동떨어진 듯 흘러간다
내 마음의 깊은 상처만 남긴 채

얼마나 왔을까
이토록 외로움을 느끼며 지내 온 세월이
그토록 아파하다 멈춰선 자리

아—
내가 나를 모르는 시간들이었기에
이제 다시금 뒤돌아본다
모든 것이 모두가 흐르는 물처럼 정상인 것을

아파하고 눈물 흘리며 지낸 날들
그날들이 악몽이었다는 것을

이제야 제자리에 서서 되뇌어 본다
내 사랑도 멈추어 서 있었던 걸…….

찬바람이

내 작은 가슴에
또 파고듭니다

그다지
따듯하지도 못한 것을

변함없이, 누가 뭐라 하든
흐르는 시간 앞에 그렇게 또 바람이 스며든다

조금의 변화에도
이래서 죽겠다 저래서 죽겠다
아, 이제 종종걸음에 추워 죽겠다!

늘 봄 같은 미풍이 흐르건만
언제나처럼…….

첫눈의 기다림

생각만 해도 가슴이 뛰던 그리움
지금도 변하지 않는
어릴 적 그리운 마음

아직은 눈에만 아른거리고
그 하얀 속살을 그리워할 뿐

나이가 들어 경망스럽게 보이지 않으려 하나
그 그리워하는 마음은 변하질 못하니
오늘도 쓸쓸한 허공만 바라보며
임을 기다리는 듯 마음만 간절하네

세상의 모든 허물을 다 덮은
첫사랑을 그리워하는 간절함처럼…….

푸른 낙엽

낙엽
푸른 낙엽으로 떠나간 자리엔
그리움만 쌓여 있고
오색의 가을 풍경엔 떠나간 임의
그림자만 서성인다

손 내밀면 닿을 듯한 자리
부르면 대답할 자리에
늘 마음을 기대어 있던 친구기에
녹음이 짙은 여름날에
푸른 낙엽 보며 그리워한다

헐벗은 영혼

육신은
머문 자리에서 벗어나지 못하고
먼 여행을 떠나듯
오랜 시간
정처 없는 시간 여행을 보내고 난 후

지금의 나를 바라본다
정체된 진보되지 못한 시간들
정해진 울타리 몸부림치듯

너무 많은 시간들을
의미 없이 소비한 그 아쉬움 속에
헐벗은 마음의 양식만 탄식하고 있다

돌이킬 수 없는 날
그 시간을 원망도 못하고
또 낙엽 지는 소리만 귓전을 스친다

의외의 서정 : 박산(시인)

권영모 시인을 처음 대하면 그의 우람한 풍채에서 관운장
의 과묵함과 장비 같은 호방함이 다가오지만 막상 그의
시를 읽어보면 온통 눈물로 비벼진 감성의 결정체인 '사
랑' '당신' '님' '계절' '엄마' '고향' 등 서정성이 의외라는 인
식을 갖게 한다. 그의 시 몇 편을 감상해 본다.

고향 하늘

언제인지도 모를
까마득한 옛날 어릴 적 일들이니
강가에 모여 천렵하던
그 어린 시절에 보았던 맑은 하늘
오늘 낚시 두어 대 담가 놓고
그 시절에 잠시 들어가 본다

모두가 그리운 얼굴들

내용도 없이 싸우던 날들
밤이 깊어 감도 아랑곳 않고
엄니가 찾아야 끌려가던
그 수많은 깊은 밤들
별들은
오늘도 그 자리에
저토록 빛나고 있으련만
그 시절 그 친구들이 그리워 오네
별과 같이 수많은 날들이 흘러
많이도 변하여 알아먹지도 못하련만
자꾸만 그리워짐을 지울 수가 없는 밤이네
별이 빛나는 금강 변에서…….

시인은 아직 덜 여문 어른이다. 아직도 어린 시절 고향 공주의 강가에 낚시 두어 대 담가 놓고 어머니가 멀리서 "영모야!" 부르길 기다리고 있다. 지금도 하늘의 별을 헤아리며 그 시절을 그리워하고 있는 모습에서 시인의 감수성을 엿볼 수 있다. 고향 떠나 사는 시인은 결코

고향을 떠난 게 아니다. 시인은 잠재의식 속에서 여전히 금강을 끼고 살아가고 있으며, 금강 하늘에는 비 오는 날 없이 항상 별이 반짝인다. 도시의 삶은 고난의 연속이다. 돈벌이와 세상의 갈등을 다 잊고 싶어 하는 속내가 읽혀진다.

눈물 꽃

내가 당신께 보여 줄 게 있다면
내가 당신께 정말 할 수 있는 일이 있다면
(중략)
사랑하기에 사랑하고 있기에
더 안타까울 땐 두 눈에 맺힌 이슬 같은 눈물 꽃
그 눈물 꽃을 당신께 바치오리다
(중략)
오늘, 내일,
아니, 매일 말입니다

권영모 시인에게 당신은 누구일까 아내? 자식? 애인? 어머니? 형제? 친구? 그리고 또⋯ 사랑 하나도 부족해 이슬 같은 눈물 꽃을 바치는 상대가, 오늘도 내일도 물론 과거까지도 하루 같이 눈물 꽃을 흘려야 하는 대상이 있다는 것. 무한경쟁의 시대에 이런 마음을 견지하고 시로 승화시킨다는 자체가 권영모 시인에겐 시인의 자격이 있다는 생각이다.

귀 닫고 사는 그들

언제나처럼
말하기를 좋아하는
누군가에게 자신에게까지

들으려 들지 않는
포장하고 치부하려는 세 치 혀
빈 머리에 든 것도 없으련만

늘 합리화시켜 간다

바로 바닥이 드러나고 나서야

좀 더 귀 기울여 들어주는 마음이 늘 아쉬운…….

(중략)

또 다른 유혹에 자신은 넘기고

우리를 능멸한다

시인이 살아온 이력이 만만치 않음이 읽혀진다. 그가 살아오며 해 온 여러 가지 영업 행위를 위하여 국내외를 다니며 온갖 부류의 인간들을 만났다.

세 치 혀를 앞세워 그럴듯한 수사를 늘어놓는 사람들에게 알고도 당하고 모르고도 당했던 이 우직한 성격의 시인은 품고 있는 원통함을 '능멸'이란 강한 시의 언어로 소리 지른다. 순수하지 못하여 그럴듯한 포장으로 가득 채워진 세상에 대한 분노란 느낌으로 읽혀진다. 시인은 누군가에게 직접 화법의 화풀이를 자제하여 자신에게 분풀이하듯 시로 삭이는 지혜를 터득했다. 득도한 듯 읽혀지기도 한다.

하얀 어둠

하얀 아침입니다
여명 오기 전 농밀한 하얀 안개가 찾아왔습니다
차창엔 겨울과 함께 깊은 안개가 얼었습니다

출근길
신호등 아래 멈추어 서면
앞서가던 차들은 하나둘 빠져듭니다
깊게 싸여 버린 안개 세상으로
그래도 모두 잘들 달려갑니다

앞을 볼 수 없는 아침이련만
모두가 변함없는 날일 뿐입니다
안개 속을 헤쳐 나와 빛이 보이듯

인생은 언제나 안개 속 같은 걸

시인은 어둠 속 안개를 하얀 어둠이라 표현했다. 인간이 가지고 있는 잠재의식 속의 어둠은 어머니 뱃속이다. 그래서 어둠에도 꿋꿋이 버텨 나가는 이유이기도 하다. 시인의 결론도 긍정적이다. 인생은 언제나 안개 속 같다고. 권영모 시인이 삶을 살아가며 고수하려고 하는 가치, 프로야구 선수 박찬호가 자위하듯 말한 '공주 촌놈'의 은근과 끈기를 엿볼 수 있다. 안개를 헤쳐 나가야 빛을 볼 수 있다는 표현은 지극히 희망적인 동시에 지극히 현실적이기도 하다.

그대는 기쁨이었소

불볕더위에도
콩밭고랑에 피어나는 잡초들
비 오듯 흐르는 땀 훔칠 시간도 없는 듯

삼베 저고리 젊을 적 엄마 모습 아름다웠소

힘들어도, 죽도록 힘들어도 내색 한 번 않으시고
해 지고 잠든 엄마 모습 바라보면

엄마는 평화고 사랑이었소
일어나기 싫어하는 아침마다 내 모습 바라보는 엄마
어쩌다 마주치는 눈, 그 속에는

어린 내 가슴에도
거역하지 못하는 기쁨이었소
그 아침 엄마의 그 눈빛 그리워
눈물이 흐릅니다

남자에게 그것도 나이 들어가는 남성에게 엄마는 하느님
이고 부처님이고 추억이고 그리움의 원천이다.
대가족의 막내인 시인에게는 아마 더 그러했으리라. 제목
처럼 생각만으로도 '그대는 기쁨이었으리라'. 밭고랑 피어
나는 잡초보다 더 강하게 일했던 그 모습, 생각할수록 그
리움에 가슴이 타고 삼베 저고리에 밴 땀이 눈에 선하고

어머니의 눈빛만 생각해도 눈물이 뚝뚝 떨어지는 그 심성, 독자로서 같은 남자로서 인간으로서 이해하고도 남는다. 자신에겐 평화이고 영원한 사랑이었던 엄마, 이 시집에서는 어머니 아닌 유아적 표현, 엄마를 생각하고 엄마를 그리는 시가 많이 수록되어 있다. 아마도 시인은 엄마에 대한 그리움으로 시를 쓰고 있지 않나 하는 생각이 든다.

권영모 시인의 시는 눈물에 비벼진 그리움이다. 그의 그리움이 진정한 행복의 지름길이 되었으면 하고 그가 쓰는 시에 세상 공해의 찌꺼기들이 스며들어 발전적 자양분으로 퇴비화 되어 독자들을 즐겁게 해 주었으면 하는 마음이다. 그의 시업에 큰 진전이 있기를 기원한다.